JN096793

歌集

# 灯台守に
# なりたかったよ

小山美保子

青磁社

灯台守になりたかったよ＊目次

I

## II

小山美保子歌集

# 灯台守になりたかったよ

# I

## 四月

終列車の汽笛がぴーと鳴るような廃線跡の菜の花あかり

羊飼いの少女に吹きし蒙古風きょうサラリーマンのネクタイを打つ

行く春や車窓に過ぎゆく夕げの灯あの灯のひとつは君のつけた灯

春の星懐かしく空に瞬けばぶらんこゆっくり動きだすなり

春雨に黄色い菜の花煙ってる一畑電車も煙って走る

春はこうポップアップトースターから食パンがバンと飛び出す感じ

花のうたつくりて吾は安らぎぬ桜の園は身の内にあり

坂の上の家は北窓開け放しミシンカタカタ春風に乗る

少年ら春の木となり伸びをする体の若葉揺らして通る

じわじわとオゾンホールはひろがりて終に最後の天使消えゆく

## 五月

木は風を風は木を呼ぶさざめきよ子を産みし春吾も呼ばれき

野の中の水木となりて風摑む子を生みし日の五月一日

観音は樟の一木造りゆえ五月の風にさやぐ日のあり

この丘の一樹となりてこの五月触れてみたきは遠き日の風

五月野に光さびしと立ちつくし手を振りている影法師　わたし

五月の夕暮れ時は幸せだそれぞれの軒端に燕の親子

かいちゃんが最初に覚えた色は赤　母さんの休み日曜の色

ついと吾いなくなりたる後は風五月の風にそれも川風

だれひとり居ぬ公園の滑り台初夏の光を反射するのみ

幼き日の子供の日なるごちそうはパイナップル缶で父が開けにき

# 六月

六月の整骨院は雨に濡れ羽の折れたる天使入りぬ

一面に雨の絵を描く甥っ子に開いた傘の絵描き足してやる

海に降る雨はとってもこわかろう水溜まりには雨水ばかり

園児らはひとりずつの傘の中仕切られ歩く喜び歩く

銃弾に当たったように噴水が前ぶれもなく止まってしまう

釣具屋に鮎足袋入荷の紙貼られ奥出雲の地もはつ夏となる

和箪笥に梅雨風吹けば鐶は鳴る明治は遥か昭和も遠く

つり銭はいらないよというように全て投げ出したい梅雨のいちにち

改札を通り抜けゆく夏つばめ雲州平田六月の駅

赤軍の重信房子の好きと言いし紫陽花それは昭和のあじさい

# 七月

坂に立つ家に住みにし少女期は風に乗る音ハモニカの音

麦の風と名付けられたる店ありて窓窓窓を雲の移りゆく

アポロ号月に行きたるあの夏の「ヒューストンヒューストンすべて順調」

自転車のライト当たりし瞬間の稲の穂先が鮮明に見ゆ

横一線その下青く塗りゆけばこの白紙にも潮満ちてくる

二階家の屋根を越えたる竹林は緑葉サラサラ目が濡れるよう
ポプラの葉の一枚ずつのさざめきをじっと見てると海のようだよ

## 八月

じいちゃんのかんかん帽のへこみなど夏が来るたび忘れていった

麦わら帽子のへこみしところに手をやると稲田の中にも風の道あり

自転車で蚊柱の中に突っ込みて目やら口やらあわわわあわわ

さびしさよ石見の海に真向いて南限の地の浜茄子の花

蜩は遠い日暮れに飛んでゆくかなかなかなと青い竹むら

丈高きひまわり畑のその中で指切りする子の声して薄暮

あおあおと夏の日盛りさびしいよ河野裕子のさびしい青空

寄付をせしおっつあんの名に沸きあがり湾に一発花火の揚がる

丸一個は買う当てのない西瓜なれどぽんぽん叩き撫でてもみたり

少女期は立ち枯れている向日葵に麦藁帽をかけて終りぬ

## 九月

ドアごとに奥さまと呼びあう人ら住む医大官舎の赤いサルビア

夏の果てやじろべえの先っぽに秋の子が来てゆうらり揺らす

野分去り出雲平野に亡き父の下駄がころがる　空が流れる

この九月秋刀魚の口が黄色だとはじめて知った　いい秋が来る

Yシャツを帆柱として切り込める少年一人台風の中

トルファンの青いぶどうを震わせて秋よ秋よと月は歌えり

月光をしずかに吐いて語りしはアラビアンナイトのシェヘラザードなり

その昔パフラヴィー語で語られし月の匂いのアラビアンナイト

コスモスとカタカナでいつも書くけれどひらがなのような花だコスモス

竹林の竹のまにまに陽は届くちくりんちくりん秋のちくりん

## 十月

夕暮れのあかりがほろりと灯るころその向こうからさびしさが来る

もういいかい呼べどひとりのかくれんぼまあだだよと答えしもひとり

秋の陽に金木犀がにおう時体の中のバイオリン鳴る

金無垢のほそき月あり黒猫に声掛けやればプイと去りゆく

地雷無き国に生まれてうれしかり鉄釘で地面に秋の歌書く

本当は帰るところは他にある秋の月見て女は思う

ガランドオーと叫び続けし廃屋も西日当る間フーと黙せり

サーカスの賑わい去りし原っぱは風とわたしといつもの秋と

稲作の基本は秋の耕耘と伝えし斐川のあいがも通信

秋の日に連山遠く眺むればその先さきへと飛ぶ鳥吾は

## 十一月

仏みな吾よりも濃き影を持つおんころころせんだりまとうぎそわか

青い馬を見たとの手紙来し今日はふるさとの道りんごの香する

信州のりんごの肩を星のごとく照らしておりぬ冬の外灯

たたら師や木地師の屋敷跡に降る落葉しきりと秋の陽の中

萱に鳴る夕風の運ぶ声ならん「ごはんだよー」と呼ぶ人のあり

寂しさは十一月の濡れた土ころがってゆく団栗があり

秋の川白き石一つ投げたれば跳ねては光る二つ三つ四つ

み仏は檜の寄木造りゆえ晩秋の頃は晩秋の色

芒野のどこかに井戸は隠されて滑車の音に秋は止まりぬ

み仏の背《せな》に回りてほうと言う全く以て清潔な背

秋草のたおやかなるか琳派の絵項の白き抱一・其一

芒野に天国行きのポストありそう思わせる千本のうねり

十二月

斧抱きて枯野を行かば吾もまた憎しみを持つラスコーリニコフ

ろうせきの石けりの輪に初雪の降るその先を雪うさぎ跳ぶ

椰の木のしいんと冷える夕まぐれ石見阿須那に雪虫は降り

終着駅に着いた時分は初しぐれこの世の時間をほとほと行く

山陰の冬はつらつらねずみ色因幡に伯耆出雲に石見

# 一月

鳩笛が小路の奥より聞こえくる津軽生まれの君よ　雪が降る

ひらがなできねつきもちと書かれしをきつねのきもちと読みし奥出雲

雪晴れの空の青さよその深さ成層圏は五十キロもあり

学校に石炭置き場ありし頃空から雪もゆっくり降りき

灰かぐらという言葉知りしは三学期小二の時のストーブ当番

出雲人　十六島《うっぷるい》の岩海苔は雑煮に欠かせぬ高くても買う

子を生みしその日は雪の香の強くこの子の幸せひたすら願いぬ

年賀状に同じ追伸二通あり花の咲く頃また会いましょう

## 二月

雪あかり一面青き夜を生み雪の結晶カチリと伸びる

真夜中の雪ずりの音力士たちがドスンドスンと負け越してゆく

夜と雪けんかしている音だねと三歳の甥の聞ける雪ずり

イージス艦を四隻も持つ国の首都一糎の雪で四十人怪我せり

小学校で一番地味な場所だった西側校舎の石炭置き場

ちんちんとストーブの上の薬缶鳴る風邪で休みしあの日の音で

来る来た来た来た白鳥の群れクウクウクウ啼きながら飛ぶ出雲平野を

節分の豆の残れば鳩にやらん出雲大社の神苑の鳩

湖冴えてわが身の内のたましいを呼ぶがに白鳥コウと啼きけり

## 三月

春の陽にはまぐりが欠伸するように時々プアーと鳴る魔法瓶

ヒトゲノムの記事の載りたる新聞に包まれてゆく青首大根

唐突に北へ行きたしこの国の青いところへ白いところへ

春が来て古い活字の行間をヒエログリフが立ち上がり行く

花粉症の尖りしマスク多く見る烏天狗は都にあふれる

雛人形箱から出る時深呼吸そのまま息止めすまして並ぶ

雪溶けて墓参をすれば一族の墓に一面散りし団栗

サーカスのきりんの首にサバンナの草の色したスカーフ巻こう

父の墓の南無阿弥陀佛の字の中も黄砂たまりぬ今日彼岸入り

ゴビ砂漠の砂だけでなく中国のもろもろが降る西から西から

## 顔

カタカナの抑留者名簿を漢字にし読み続ければ顕ちくる顔・顔

戦時中松根油を採取せし木肌に今も残る傷あと

「善の研究」を究めたかったと遺書残し征きし学徒の手記を読みたり

ああ僕は天使の羽を畳んだよギブミーチョコレート1945《イチキュウヨンゴ》

如月の淡き光は降りそそぐ原爆ドームの内にも外にも

どれ程の人が昼飯食べられたか八月六日広島市内

先生の周りに子らの骨ありと八月六日のその時を知る

原爆で瞬時に燃えて消えし人死さえ気づけず七十四年

9・11テロ

いつもと変らぬ青い空なのにたくさんの血が流れる流れた
憎しみはただ憎しみを増やしゆく明日とか未来の言葉悲しも

片方は殉教者と呼び一方はテロリストと呼ぶ一つの地球

アフガンの岩山に立ちライフルを抱いて歌わんアヴェマリアのうた

ああ汝よ汝の薪をとりいれよアフガンの地に冬の来る前

そういつも全く変だと思うなり非人道的兵器という語

眼の澄める人がジハード語る夜さ流星群は音もなく降る

何の為に戦うかなんてどうでもいいそう思っている兵ありきっと

どの時も核のボタンを押す事はわずか一人の一行為なり

フセインの影武者として生きてきた男よ空は青くて広い

アフガンのカンダハルのその後を誰も報ぜず空は青いか

F16の発射ボタンを押しし指今宵恋人のドアフォンを押す

二十世紀に月に行きたる人たちよ今もあなたのアメリカが好きか

## 出雲

わが住める出雲の国は縦に縦に雲の生まれて雲の立つ国

神さまの先達なりし海蛇が夕べ稲佐《いなさ》の浜に上がりし

神《かん》さんが来られたけんに寒がねと神在月の出雲の人ら

神等去出《からさで》の出雲街道雲早く「ばんじまして」の声ひとつする

神立橋《かんだちばし》神等去出《からさで》橋の橋の名に古事記の御代の弥栄思う

鳥髪の雨より生れし斐伊川は大蛇《おろち》となりて山野を下る

斐伊川の行けども行けども萱の原この萱鳴りが雪雲を呼ぶ

斐伊川のかたえに暮らしはらからは同じ水飲み出雲を出でず

斐伊川の橋の下から拾ったと一度は聞かさる出雲の子らは
いけず子に親の使いし宝刀は「悪ことすうと線香すうぞ」
出雲弁の横綱なりし「おおはいごん」[*]三姉妹のかの日いつもはいごん

＊出雲弁で大騒ぎの事

出雲では頑固な人をきこと呼び母も私もきこさまである

履物を揃えてもらったその礼に使う出雲弁「めんたし」いまも

原発の同心円の中にいて山の向こうは原発だった

原発の二十キロ圏内に吾は住み親族同胞皆住む圏内

原発の防護フェンス延々とその向こうに神話の海あり

半島の周りぐるりと柵ありて原発年々秘密めきたる

連休が明けて事務所に菓子集う中に竹島まんじゅうもある

羽田発午後六時半の最終便夕陽を追って追って出雲に

あの日見た宍道湖確かに大きくて幼き我は「海」と叫べり

形なき水はしいんと納められみずうみそれを宍道湖と呼ぶ

空6と湖4の構図持ち絵となり進む電車の窓は

桜もちありますという貼り紙が出るころ出雲はまだ風の中

青色のくよし*の匂い漂えば出雲の春の始まりなりぬ

＊出雲弁で農家の人が刈り取った草を燃やすこと

板わかめ焙りて飯を食べる時出雲に生まれ良かった一つ

亀の手と海草ソゾを食す頃出雲四月のひいなの節句

ふるさとに門名《かどな》で呼びあう夏祭今宵のわれは橋本屋の子

実盛さんと呼びしうんかを見ぬことよ出雲平野に稲の香の満つ

かなかなの声も聞きつつくえびこやせんじょ教わる古事記の講座

奥出雲はや夕暮れて終バスの今宵のあかりまるくなり秋

出雲では慰労会は直会《なおらい》と呼ばれておりぬ神の土地なり

ナルニアにガス灯ともる夕まぐれ出雲の国にもありし入口

あこがれはナルニア国の雪明かりタムナスさんが私は好きだ

出雲には吾知るだけで三ヶ所の黄泉《よみ》の入口ぽっかりと開く

博物館の夜は弥生の闇の中銅剣銅鐸しゅわしゅわ眠る

この空のどこかに雲を捜しては故郷思う出雲に生まれ

## 盲学校

理科室の奥は静かな時を持つ鉱物ことにサヌカイトなど

校内を施錠して歩く夕暮れは闇がどんどん後ろから後ろから

学校はやたらと出入り口多く故に燕も蜻蛉も入る

学校に七不思議ありてそのすべて覚えし頃に転勤となる

夏休みのだれも座らぬ椅子なべて意志を持つごとく黒板に向く

上履きのくたびれ加減がそれぞれの生徒思わす昇降口なり

この部屋の活字は点になって待つ点字図書室の静かな空間

いつ来てもそういつ来ても沈思黙考点字図書室微かに息す

教室に五月の風が入り来て「風」と書かれし習字めくりゆく

目が見えず触覚だけで書きし子の晩夏のひかりまとうひまわり

幾人の指で触れられすり減りし点字の本のしんと温しよ

盲導犬は寝てても仕事右眼あけ左眼とじて右眼又あけ

出雲日御碕灯台

風生まれ風たどり着くこの岬水平線の先はもう秋

灯台に透明な風吹きめぐり胸のうちまですきとおる秋

灯台の光が一周するまでの闇に思いしヴァージニアウルフ

時雨降る日御碕灯台はや灯りフレネルレンズ音なく回る

日本海の黒き水面をなめてゆく二十一海里の光達距離で

沖にある未来を静かに待つごとし岬に白き灯台は立つ

水色の目薬さして目をつむる　海猫の啼く春の灯台

住むならば灯台がいい風生まれ風たどりつく風の岬の

この国の弓の形に三千の灯台光り船を導く

寝つかれず気象通報*聞く真夜に波頭見つめる灯台守はも

＊船舶気象通報　2016年9月30日正午で放送中止、別名灯台放送

朝な朝な波の音聞き風を読む灯台守になりたかったよ

父

触れるたび冷たくなっていく父よ七月四日の暑さの中で

生きいし時父の額など触れざりし今宵いくども額をさする

薄明に吾呼ぶ声にああ父と目を開けたればかなかなの声

昭和三十九年聖火リレーを父と見きバイクの荷台で伸びをしながら

家族五人で出掛けた事はただ一度鰐淵寺にて食べし栗めし

梅雨前は板壁塗りし父だったコールタールですべてこげ茶に

亡き父のかつて使いし腕時計あの日より何度電池替えしか

夜桜に下ろしたてなる桐下駄を酒に失くしし昭和の父は

一枚の写真に写る父も象も一畑パークもこの世にあらず

おばいけの酢みそ和えが好きだったサクサクと食ぶ父の命日

無人駅で雨垂れの音聞きながら来るはずのない父を待ちおり

予科練の猛者と言われし父も逝き七つボタンの写真も古ぶ

ウルトラマンが強かった時家族五人米一升を毎日食べた

メイドインオキュパイドジャパンの匙使い半裸でカレーを食べし遠い日

## 母

お医者さんに通う為よと髪を染めブラウス買って八十の母

あの世の方が知ってる人が多いのとぽつりと言う母 今日も雪降る

時々に元気を無くす我が母は原因は暇といつも答える

会う度に話し相手の無い事を母は話せり遠い目をして

オリンピック過ぎて二週目母が聞く「あんたレジェンドって何の事」

元気だと羨ましがるのが人の常わざと不調を装うと母

ややこしい年寄になりてわが母は元気で達者は隠すのがよしと

百歳まできっと大丈夫と言うたびにむきになって否定する母

八十三歳の母は鯰の餌付けして六十センチの大物にせし

外に出るな冷房つけろポカリ飲め労られているのかと母

われの百歳祝してくれる者ありやあれこれ思い母のみ思う

## 親　子

我が家には借金が無いと答えれば金持ちという事かと聞く次女

繭吐きて脱皮しないかわが家族それぞれの部屋に一人ずつ寝る

学校を一つ上がれば何回も子の名前書き夫の名を書く

子は巣立ち夫は単身赴任してばあさんと二人四月一日

親子四人一緒に過ごした時間とはたまたま親子であったということ

いつのまに時間はころりと傾いて子は子の時間生きてゆくなり

電気消し夜をつけると言いし子よあれから幾つの闇を越えしか

携帯に月に一度しか出ない子よおまえは宇宙の基地勤務者か

本当は聞きたいことのあるねんでせやけど声を聞いたら聞けへん

この家の柱や壁で笑ってる幼子と吾のプリクラシール

青箱の石けんそして下着ゴム買うたびわたし主婦って思う

携帯に余所行きの声で語り出すそうか夫よ安心したぞ

葬儀無し散骨希望と吾言えばややこしい事するなと夫

大きな字を書くゆえ大器晩成と言われ結婚　還暦も過ぐ

## 消費者センター

消費生活専門相談員試験受験（47才）

久久に試験を受ければ何ゆえにこんなにあがる年を取ったり

まず場所にそれから人に慣れてゆく再就職は猫に似るなり

消費者センターに電話してくる人たちは大方結論持ちて掛けくる

太鼓判そう太鼓判が欲しいのだ相談員の言葉は重し

明らかに消費者エゴと思えるに消費者側につく辛さ知る

こんな事相談出来るか聞かれれば吾でいいかと聞きたくなりぬ

電話とるその刹那はや相手との相性分かる勘が働く

借りるより貸す方が悪いこの国のグレーゾーンに秋の茸生ゆ

えらそうな事など言える者じゃない本当にわたしろくな者じゃない

騙された内容書けと日に何度人に言いたる吾もさびしも

非力なる相談員吾ま向える相手の気持ちの重さが痛い

辛い帰途ひそかな楽しみ赤だしの匂いを嗅げるその回り角

相談員は全員嘱託戦場なら兵卒並《な》べて前線で死す

消費者の声だぞ聞けという人の電話の向こうで犬も吠えおり

センターは零細業者潰す気か言われながらも正論通す

苦情ほか一万件のカードなり三年経てば廃棄処分に

シュレッダーにかける前には数千のホッチキスとれと簡単に言う

官製のワーキングプアと評される消費者センターの相談員吾

センターは無料ですると聞いたから間に入れと言う人多し

相談員成り立てのころ民法を簡単に使うなときつく言われぬ

椎茸や胡瓜の煮〆も持ち寄られ村の消費者講座始まる

右耳は苦情聞く耳左耳には聞かせたくないそうしているの

数々の言葉が吾を切り刻む税金泥棒名前を名乗れ

神経痛ピリピリする時足先に豆電球があれば点るよ

ゆっくりと時計が戻るただ中の私傷病休暇取りしこの冬

休んだら何という事のないことが休んで分かるそれだけのこと

その後辞職

名乗る様な者ではありませんなど言いて仕事していたアハハわたくし

今の吾友に言うほどのもの無くて同窓会は欠席と出す

一月のま白き雪を見て独り　天から降る物ひたすらなりし

太陽光発電の様な体なり雨の夕暮れ溜息ひとつ

三月の春の雪降る空見つつ寂しいという我を寂しむ

時給の半分

嫌ならば辞めてくださいと社員言うやりますそれしか無きなりパート

昼飯は時給の半分と決めしより安くて旨い物に出会えず

給料日前にて万札二枚のみ諭吉の黒子をしげしげと見る

法テラス非常勤職員となる

週二日の勤務はそうだな生活に読点一つ付けた感じだ

法学部出ているのかと聞く人は大体男それがどうした

雪降ればいたく寂しき鑑別所鉄の格子に斑雪積む

区画ごとに鍵を掛けられ出入りする図書室のみが色のある部屋

少年鑑別所の女子の布団に置かれいる青いスティッチのぬいぐるみひとつ

鑑別所の廊下の冷えて少女らのちりちりとした視線の残る

拘置所は電気も弁当もあるんです　語る老女に頷くのみなり

## 非常勤さん

元結を鳩目に通し資料綴じるその仕事せし最後の世代

職員の何げ無く使う呼び方の「非常勤さん」という　わたくし

居候のようなダブルワークなり机もロッカーも二人で一つ

どうでもいい議題で意見求められ「ばけらった」と答えたき衝動

局長は覚悟が無いで一致する女三人集まるお昼

陰口を言わないようにの御達しは陰口さえも言えぬ職場に

自制とは聞こえはいいがそんなんじゃない身の奥深く不発弾あり

七月より時給二十円上げられし仕事の対価ってなんやろうなあ

バス通勤始めて気付く印刷屋の二階に社長の胸像がある

旗納め旗開きなど聞きなれぬ組合用語年末年始

このビルで誰が正規か非正規か女子会ランチで自ずと知れる

辛いとか死にたいという相談は皆非通知で今日で三件

辞めないで嘆願書俺が集めると生保*の0さん毎日電話

* 生活保護

上司から言葉が多いと言われしをなんのこっちゃと日記に残す

この国は時給で働くもの言えぬ人らをいつも後まわしする

十連休で五万のお金が入らない時給で働く非正規我等

## 義母の死

肺ガンと診断されしその後は一首も歌を作らざる義母

今一度家に帰りてそろそろとゆっくりゆっくり歌作りませ

作品の中で一番好きな歌聞かざる事を悔いる日々なり

義母死にて五月は頭も茫として車のキーも傘も出てこぬ

茶毘に付すスカスカの骨その中に重々とした人工骨あり

火葬場の骨揚げ係のこの人に最期を丸ごと委ねたる母

# II

## さくら散る

さくら散るプラットホームで手を振るは逢うたび小さくなりし祖母タメ

男らが集団で花に集う国思えば不思議花見というも

こきくるくれこよと君を中心に使われる「来」という動詞あり

青空を直線に飛ぶジャンボ機の五百の足裏頭上を去れり

水族館の標本室に相並ぶラッコの毛皮と鯨のペニス

夜行列車に別の時間のありぬらむ過ぎゆく街のあかり寂しく

洗濯物がゆっくり乾くこの一日吾は何回頭下げしか

町の名を友と捜しし遠き日よ帝国書院の社会科地図帳

生気ある者にはうれしき桜花つらいと思いて見る人もあり

お経読む声やら木魚たたく音この路地裏は年寄り多し

十三戸の町内会の回覧板二十日かかりて移動してゆく

ふるさとはおばさんだった人たちがおばさんのつづきしているうれしさ

棕櫚のほうき

時計屋に数百の時計動きいる所有者のいない自由な時間

その多く十時十分で止めてある時計屋の時計の逢魔が刻よ

長針と短針重なり短針がクスッと笑う時代《とき》の記憶に

亡くなったじいちゃんに似た目をしてる。象をはじめて見た気で見てる

ランドセルの赤と黒とが遠ざかるからすの豌豆ぴーぴー鳴らし

大万木山に厚く積もりしブナの葉はわれと久美子を何度も滑らす

親も子もひたすら目立つ事を避け消極的とは違う何かが

園児らの振り返る先に母ら居て母達はわが子のみ見る参観日

骸骨の眼窩のあまりに大きくて人生きし時よーく見ろとや

そういえば棕櫚のほうきはどこですか昔魔法が使えた母さん

## 涼しき指

土門拳の写しし指よ観音の指に触れたし涼しき指に

この寺を出ようと一歩踏みだしてわが裳を踏みて倒れし弥勒

八雲立つ出雲の人は性悪と石見の人の言うぞおかしき

どう見ても余裕の見られる磯野家で一番ぜいたくしているサザエ

赤の色鮮やかな赤うれしいよ視力得し友何回も言う

これは顔これは名前がおかしいと選挙ポスターを見て子ら騒ぐ

内側は青磁の色の殻なりきうずらの卵のうれしい秘密

その人とはじめて会うにスーパーでよく見かけますと言われるわたし

敬老の日に配られる差はなんぞ男は酒で女は饅頭

# 山椒魚のような顔

制汗のデオドラントの流行りいて日本の若者同じ匂いす

定年後十年もすれば男らは山椒魚のような顔せる

年寄りの歓声あがる輪の中に町内一人の赤ん坊がいる

ある時はへいと言ったりお待ちなせいなどと答える電子レンジに

豊かさとは何なのだろうポンペイの壁画の夫婦の一途なまなざし

手放しで泣いてる子供をじっと見た無くしたものを見るようだった

廃人となるのはたやすい事かもと青菜茹でつつふっと思いぬ

カーナビは瞬時にわが位置示すゆえ狙撃兵の眼天より感ず

真夜中にスーツ姿の男乗せ遊動円木かすかに軋む

自然館に鏡一枚置かれいて映りし顔の「ヒト」なるわたし

ぞろりぺったり

この時代が作ってしまいし言葉あり中でもキレるなんて言葉は

小一で一度だけ飲みし海人草《まくり》なりアルマイトの食器の冷たかりけり

農民の味方なりしか田や畑森は荒らさぬ怪獣ゴジラ

ここにもまた吾の一生に縁のない釣具屋はあり鮎足袋も売る

ほんにまあぞうきんのように床に就きぞろりぺったりわたしは眠る

ダ・ヴィンチの手稿の文字のhやgその曲線の美しきこと

だれも皆止まりし階の数字見るエレベーターの中の沈黙

ヤクルトに紙蓋セロファンありし頃蓋開けのみの道具がありぬ

ジュース缶対極に二つ穴開けるこんな知識も子供らに無い

あちこちに井戸がありたる少女期は井戸の底にも青空ありき

悪いやつ

ＪＲ福知山線脱線事故（Ｔ運転士）

そんなに俺悪いやつかなそうかもな百七人の一人や俺も
一分半そして一分必死やった享年二十三歳の俺

麦畑のそよぎの中に吾一人この世はほんの一瞬のこと

夕焼けはこの世の時間をこぼしつつれんげの花をそっと眠らす

河骨の黄色い花がまた咲きてその時々の子らが立ちくる

夏服に衣替えした一日は女生徒いずれのペダルも軽し

山の端に誰が着けしか揺らめきて生あるものの如き野火見ゆ

もらい風呂させてもらいしあの頃の外の暗さとたくさんの星

何一つ包むこと無く色褪せし昭和の風呂敷時包む布

はたき持ち立ち読み客を追い立てし中村書店のその後を知らず

リーブミーアローン

赤痢の出た家などと皆ひそひそと息止め通りし昭和の村は

一基二基と数えられるものこの地には原発以外何もない村

ダイアナ妃の今際の言葉リーブミーアローンそっとしといてと声にしてみる

通勤客一度に降りればふうわりと車体は浮けり人吐き出して

その昔板わかめ焙るに丁度良い道具の名前を助炭と知れり

代替わり付き合う顔が変わる時親類という不確かなもの

アホのふりはアホには出来んとメモ残し子は今日も又バイトに精出す

就活にほとほと疲れし子の為にカッター一枚買いて帰れり

にゅうと首亀の現われ目の合いぬ子の二次面接その日の朝に

不採用が十を越したらその先は数えることもやめしと娘は

当然に巣立った鳥は帰らない子の部屋の時計止まって三年

一年振りに帰った娘と向き合いて何やろ天気の話なんかして

ごとごと言う

ある日父がこれをと言って呉れし物何か覚えずしみじみと夢

百回も生まれ変わって成れぬものバレリーナなり思うわたしは

町内会長渡部さんが予算がとごとごと言うから又春が来る

十軒の小さな町内その中に会長会計班長二人

車窓より以前勤めし学校が余所行きの顔で建っている見ゆ

自衛隊の募集ポスター官製で平和を仕事にと大きく書けり

しゃかしゃかと蚕が桑を食む音す静かな静かな黄泉比良坂《よもつひらさか》

桑畑宅地となりて程無くに繭検定所ひっそりと閉ず

平成になりて聞かれぬものとして養蚕組合葉たばこ組合

ブックオフに謹呈の紙つけしまま歌集ちんまり売られておりぬ

無縁死が三万二千又自死も同数なりきこの国のこと

雲南市吉田

たたら場の中に入りしその時に誰もがほーと言葉発せり

たたら場を二百年見し桂の木赤い新芽は鉄の色なり

たたら場で鉧《けら》は作られ鋼《はがね》へと奥出雲より斐伊川下る

金屋子《かなやこ》*の神はおろちの母かとも鉄穴流《かんなwhile》しの山に三日月

* 踏鞴師《たたらし》などの信ずる鉄の神

## ま　ろ

うずら飼いまろと名を付け声を掛け家族になっていくこの五月より

まろという名の鶉おり日に一個夏のさなかもたまごを産めり

月面に立ちしアポロの映像をカラーテレビで白黒で見し

想像せよ誰もいない廃村にラジオ体操第一響くを

金ダライ持ちて通いし豆腐屋は引戸開けるとチリンと鳴りき

ぜんまいの振子時計に鍵ひとつ春の夜ボンボン鍵穴ふたつ

いつの間に茶色い幼鳥加わりて八羽の五位鷺イヌマキの上

この家にぬっ～と闇は入るから表通りにあかり見に出る

夢の中いつも辻褄あわなくてほら見た事かと朝は来にけり

高いんだか安いんだか

ジージーとダイヤル回り戻る間に心が揺れて切ったあの時

人差指でダイヤル回す感触を覚えているよ黒い電話も

芒野の揺れいる中にひとりいて白昼吾は月を捜しぬ

書くことは消すことと詠みし歌人あり『体力』という歌集遺しし

もっともっと作りたかったと逝きし人この世の息が足りぬと詠めり

女とは群がらないと不安だと書きつる文に納得したり

眠る時手の置き場所に困るなり何の話か五十肩のこと

五十肩の電気治療費三百二十円高いんだかはあ安いんだかはあ

馬喰さん棉屋に紺屋油屋と近所の門名《かどな》消えて久しき

赤名峠

原発の出入りに線量測られて白衣に長靴履かされて見ぬ

十九年前島根原発の見学は何も疑わず炉心の近くへ

昭和四年島根の特産その一位苜蓿《もくしゅく》とあり馬肥《うまごやし》なり

茂吉も文明も越えたる赤名峠今も県境この先備後

赤名峠越えし布野なる憲吉の生家にまみえるアララギ一樹

## 伏流水

遠き世の西の青空瑠璃坏《るりのつき》遥かペルシアの光をこぼす

漆胡瓶《しっこへい》に西国遥かな記憶あり青きペルシアに天山の雪

亡き人ら影を持たずに花の下夜のさくらは白くて青い

さくらとは時が経ったと思わせる花なりもしもあの時などと

穏やかな春の夜なり斐伊川の伏流水の流れるわが身

人生の節目節目にさくら咲き遠くで手を振る祖母のいた春

桜見てこれがきっと最後ねとひと月のちに逝きましし義母

未来へと前進のみのあの時代光る東芝明るいナショナル

原発の施設は建屋と呼ばれたる的確な語か適当な語か

原発がコントロールされていると信じたいから信じてみるか

ひょうたん島の水筒

たまごかけごはんを食べる度思う滋養じようと言いし裕子さん

弥生人十三体が葬られし猪目《いのめ》*洞窟波音ばかり

＊黄泉の国（あの世）の入り口とされる洞窟、出雲市猪目町にある

歌の会平均年齢八十歳頭がいいねと言われましても

梨いろの月には山も海もあり星条旗一本あの日より立つ

「道頓堀グリコの看板知ってまっか」そこのマンション買えと電話で

パートですお金無いですと答えるに「公務員やろお金あるやろ」

声高に車内で携帯使いおり見合いの斡旋している男

歌会に誘うことこそ難しくだんだん言葉が宗教めきぬ

よその家に行くと必ず天井板眺めて過ごす子供でありし

その蓋に方位磁石は付いていたひょうたん島の昭和の水筒

還って来ぬ者三千人

没になり新聞に載らぬ歌たちのごうしちごうしちしちしくしく

戦前か戦後か分からぬこの年のキーワードなり「集団的自衛権」

粘着のねずみ取り紙をはたと踏みからめとられし夫五十八

切り口と角《かど》が命と書き遺す向田邦子の水ようかんはも

公務員には失業手当無きことを職辞めて後知りしあの春

学徒出陣雨に打たれた二万五千　還って来ぬ者三千人

学徒出陣見送りし者五万人　昭和十八年十月二十一日

あれ程に応援歌練習嫌いしが「弥山の嵐」今にし歌う

## おい鬼太郎

「おい鬼太郎」「何だい父さん」一つだけ私の出来る物真似があり

窮地とはここでバタンと倒れたら楽になるなと思うその時

かわひらこ、くぐいにきさにうさぎうま大和言葉はひらがなで聞く

自分だけ生き長らえてしまったと戦後日本の根底にあり

人間にも標準木があるとよいありのままってそれ何ですの

全面に落書きされしライトバン烏賊の一生は一年とあり

ボーナスも退職金もありません日本の若者半分非正規

金子兜太の文字は念の宿りいて真っ向勝負の「許さない」の字

春の雨降りているなり隠岐国賀若馬の目に吾の映れり

摩天崖韃靼からの潮風は若馬の背を吹き撫でてゆく

んとす

科学者は愚直じゃなきゃだめと森田さん113番の元素の発見

知里幸恵の『アイヌ神謡集』にながれいる銀の滴《しずく》降る降るまわりに

豆腐屋からもらわれて来し秋田犬名は白山号おからが主食

盲人に対する言葉晴眼者　見えているけど見ていない物

相模原殺傷事件

犠牲者の名前はついに載せられずAさんKさん彼らの人生

くるくると終の日までも働くも誰からも誉められず　KAROSHI

核のゴミ地下に埋めます十万年人住まぬ世のああ日本晴

日本の男の貌のしずけさよ芯のありたる宮口精二

広辞苑最後のワードは「んとす」なりこの先ずっときっと「んとす」

ぞろぞろ出ていかはるよ

沖縄のアイデンティティーと思われる屏風の前に立つ翁長知事

Jアラートの設置の知らせの回覧板弾道ミサイル来るのかこの国

冬の夜はバッハの無伴奏チェロがいいヨーヨーマに星の降りつぐ

特売のゴキブリハウスあきまへん皆さんぞろぞろ出ていかはるよ

バカボンのパパにあこがれるこの頃は全て諾うこれでいいのだ

冬至の日ひかりの淡くぼんやりとぼんやりとしたわたしの影よ

早春の光と風の醸し出すさくらのはなのはちみつ淡し

ドライヤーも持たぬ頃なり路地坂の風摑まえて乾かしし髪

春蒔きの種物袋にあまたあるそれぞれの春振って確かむ

薄桃のロート状の底にいて青い空見る　わたしはヒルガオ

小泉八雲

斐伊川の土手は春なり揚げ雲雀戦後がずっと続きますよう

えいやっとクリックすればカゴに入る中原淳一のシルクスカーフ

今回も母の旧姓にしておくか　ログインにいる秘密の言葉

アメリカが発祥なりしこの野球ゲームに犠打を入れしは不思議

小泉八雲書きしクレオール料理本ガンボスープのガンボはオクラ

下駄の音米搗きの音拍手《かしわで》と松江の朝をハーンは書きぬ

妻セツのヘルンに話しし怪談は出雲訛のおべた*お話

＊出雲弁で驚き恐れること

コスモスの数より多く吹く風の昔誰かだった頃の記憶

本当に彼の物言いこうなのかトランプ大統領の吹替えの声

流れつつ光に変わる瞬間の川というもの見飽きる事なし

線路脇の夏草ことに葛の葉の電車過ぐ時わんさと立てり

ひざ小僧

バス停の時計に紙は貼られいて調整中とあり故障にあらず

蟬の翅に本線支線の巡らされ明日は一畑《いちばた》の山まで行くか

いつ見ても着物を着ていたばあちゃんのひざ小僧ついに見る事もなく

石見銀山世界遺産となりてのち刑場跡の看板消えぬ

カザルスよあなたの思いし未来とはピースピースと鳥は啼きしか

肖像画のいちずなまなこは少年のはにかみも見せ伊東マンショは

島根県の竹島の日は2・22　十三年経ちても島根の話

隠岐の人メチと呼びいし竹島のニホンアシカも幻となり

日本にパンダ来る前何と言った客寄せパンダとは言い得て妙

教科書の彼は実直な顔だった高橋和巳四十で死す

不信から不安に変わる瞬間の同心円に拡がる波紋

青蚊帳の中で泳いだ少女の日麻の匂いのごわごわの海

広辞苑七版なるも編者なる新村出の項目の無し

保育所の子らの歌声土手に満つ「いいないいな人間っていいな」

子供って一人走ると全員が走りゆくなり犬もそうなり

雨上がりの石ころ道の水たまりどの子も入る雲をこわして

瞬くスバル

病院のエレベーターの別れなり扉《と》の閉まる前の揺れる手の平

嫁の頃実家の母のよく言いし里腹三日も死語となりたり

宇宙よりベドウィンの焚火見えるというその火を囲む人らはろけし

ここが川の源流ならんこれよりは山の記憶を持ちて流れる

大社線は0番ホームの発着で時に野良犬乗りしことあり

熟れ麦のざわざわ匂う簸《ひ》川《かわ》野の声の少ないゴッホのカラス

護衛艦「いずも」に祀らるる大社《おおやしろ》　戦に縁なき縁結びの神

夢の中の娘はいつも幼子で五月の陽の中「こいのぼり」歌う

わが受けし雨を引受け雨傘は電車の床を濡らしてゆけり

あの時が最後となりぬ人込みで日傘差し上げ口元ま・た・ね

廃線の鉄路冷えゆく秋の夜の銀河はろばろ瞬くスバル

次の世は損得考えず働きます鬼灯売りか花守をして

# 跋文　わたしの出雲路

池本　一郎

少し前、「古事記」千三百年ゆかりの旅と銘打って、四十数名の歌びとが新緑六月の出雲路に集まった。日本歌人クラブ中国ブロックの研修会である。海潮《うしお》温泉の蛍の宿では、優良歌集の表彰式（鵜原咲子さん『ぶらんこのむかう』）や出雲神楽の鑑賞を行い、また「古事記」の神々のこと、黄泉比良坂《よもつひらさか》、須佐之男《すさのお》命や八岐大蛇《やまたのおろち》の伝承、「八雲立つ」和歌発祥の最古の須我神社、稲佐《いなさ》の浜等々、忘れがたい強い印象を受けたツアーであった。

そして吟行の作品を、自発的に募ったところ多数の歌が寄せられ、立派な吟行歌集が発行された。ちなみに沢口芙美歌集『秋の一日』は昨秋刊行され世評に高いが、その「神々の国、出雲」一連はこのツアーに参加された連作で、「妻籠みに八重垣つくると詠みにけるスサノオ若く清しき神顕つ」等々ロマンに満ちて異彩を放っている。

いま小山美保子歌集の跋文を起こすに当たって、いささか前置きが長いかとみえよう。いやこれはもう前置きというのではなく、この歌集の本論に通じていると私は承知している。出雲路の風土性こそ歌集の第一のエッセンスであると言っていいのだから。あのツアーで、古代のロマンに強い感銘を得た参加者には稀有の体験であったのであるが、著者小山さんはその風土に密着しつつその日常から、歌を造形しているのである。

小山さんの居住地は日本第七の湖、宍道湖の西岸であるが、そこは出雲第一の大河が流れこむ。

鳥髪の雨より生れし斐伊川は大蛇《おろち》となりて山野を下る
斐伊川の行けども行けども萱の原この萱鳴りが雪雲を呼ぶ
斐伊川のかたえに暮らしはらからは同じ水飲み出雲を出でず

斐伊川は出雲の風土の根幹をなすと言ってよいだろう。出雲・伯耆の境の船通山（鳥上山）に発し、大小の支流を入れて出雲平野（簸川野《ひかわ》）をうるおし宍道湖に至る。簸川ともいう。上流は高天原を追放された須佐之男命の降り立った鳥髪であり、八岐大蛇の天が淵など神話の地であり、古くからたたら製鉄の鉄穴流《かんな》しが盛んだった。大氾濫が多く大蛇説が生じたと言われるのも現地に立てばうなずける。

二首目「萱鳴りが雪雲を呼ぶ」は冬期の、行き場のない厳しい風土を描く。三首目は、家族知人は多く斐伊川と一体としての生を遂げるという。善しあしや好悪ではない。「斐伊川の橋の下から拾ったと一度は聞かさる出雲の子らは」は、子育てによく使われそうな謂だが、とくに斐伊川はシンボリックな存在であろう。

それは神代からの出雲人の原点というのみではない。ちゃきちゃきの現代っ子の小山さんでさえ斐伊川は自分の体内の伏流水だと歌っている。すなわち出雲の人々の現在に生きる立脚点でもあるのである。ごく普通に「自転車のライト当たりし瞬間の稲の穂先が鮮明に見ゆ」とか「稲作の基本は秋の耕耘と伝えし斐川のあいがも通信」とか歌われている。

歌集の前半に六十四首の「出雲」という大きな連作があるが、それを中心に風土の歌をみておきたい。

来る来た来た白鳥の群れクウクウクウクウ啼きながら飛ぶ出雲平野を
神等去出《からさで》の出雲街道雲早く「ばんじまして」の声ひとつする
出雲には吾知るだけで三ヶ所の黄泉《よみ》の入口ぽっかりと開く
金屋子《かなやこ》の神はおろちの母かとも鉄穴流し《かんなながし》の山に三日月
妻セツのヘルンに話しし怪談は出雲訛のおべたお話

島根県の竹島の日は2・22　十三年経ちても島根の話
熟れ麦のざわざわ匂う簸川《ひかわ》野の声の少ないゴッホのカラス

いずれも出雲の風土に関わる作品である。シベリアから飛来する「白鳥」の冬期南限地は出雲や伯耆で、十一月には人は冬の使者の訪れを待つ。「神等去出《からさで》」の神事は陰暦十一月、神在祭《かみあり》の最終日に行われ、出雲に集まった神々を送り出す神事。「ばんじまして」は土地の人の挨拶で「晩なりまして」。出雲弁は歌集に多数出てきて独特の雰囲気を醸し出す。「黄泉《よみ》の入口」は黄泉比良坂《よもつひらさか》のこと。覗くと吸い込まれそうで薄気味わるい。あの世との境界が出雲にはあちこちにあるのだ。「金屋子《かなやこ》」は踏鞴《たたら》師などの信ずる鉄の神、と脚注にある。要所要所に脚注が付されていて一般読者の読みを助けてくれるのでありがたい。鉄穴流しはたたら製鉄の歌である。「ヘルン」は小泉八雲。一八九〇（明治二十三）年、四十歳で松江に来て、小泉節子と結婚。『怪談』は有名だが、セツが話した「おべた」（出雲弁で驚き恐れること）お話がもとになったという。「竹島」（韓国名、独島）はまるで島根県だけの土地問題であるかのよう。「熟れ麦」の簸川野の歌。私の伯耆にもある麦畑は、それは黄熟から赤熟したビール麦で日本海の海風に騒立つむんむんとした情景はすごい。声もない漆黒のカラスが点在してゴッホ晩年の絵のよう。私はすっと光と豊饒のプラスイメージでうけとめる。簸川野の肥沃をイメージして。

一言ずつ私の経験もまじえて述べたのだが、題材の選びや視点がよくて、深く読めばどの歌もなかなか秀れた作品である。なお日本海に突き出した島根半島には、出雲大社はじめ多々社寺や名所があるが、島根原発と日御碕灯台にぜひ言及しなければならない。

原発の二十キロ圏内に吾は住み親族同胞皆住む圏内

島根原発は、今は合併で松江市内にあり（もとは旧鹿島町）、県庁所在地にある唯一の原発。一九七四（昭和四十九）年に運転開始。当初見学は「何も疑わず炉心の近くへ」であったが、今や重大事項で斐伊川自体が危機圏にあるのである。「原発がコントロールされていると信じたいから信じてみるか」は圏内常住者の身をよじるような捨てことばであろう。

時雨降る日御碕灯台はや灯りフレネルレンズ音なく回る
日本海の黒き水面をなめてゆく二十一海里の光達距離で
水色の目薬さして目をつむる　海猫の啼く春の灯台
朝な朝な波の音聞き風を読む灯台守になりたかったよ

歌集タイトルを「灯台守になりたかったよ」としたいと耳にしたとき、私ははあ？と一瞬とまどい、すぐに成程と思い、三秒後それしかないと思った。「あとがき」には「日本の灯台守は二〇〇六年…女島灯台を最後に消滅…。どんなに憧れても見果てぬ夢でしかない仕事。自分に振り返ってみても、見果てぬ夢の連続でした。それでこの題名にしました」とある。歌集の作品では、「住むならば灯台がいい風生まれ風たどりつく風の岬の」や歌集ラストの「次の世は損得考えず働きます鬼灯売りか花守をして」がある。私はそれとは別に、

宇宙よりベドウィンの焚火見えるというその火を囲む人らはろけし
その蓋に方位磁石は付いていたひょうたん島の昭和の水筒

豊かさとは何なのだろうポンペイの壁画の夫婦の一途なまなざし

といった歌などのエッセンスはタイトルへ直通するかと得心したのであるが。人間や世間への距離でない。しかしそれと価値体系の妙に合わない大きな立体観がそこにあると思われるのだ。自分は自分として自己充足を希求するクールなパッションだといってよい。灯台守の「守」や、不眠不休で沖の船に挺身する仕事への憧れはよく分かる（女性でもなりえたのかな?）。立体といえば、「青空を直線に飛ぶジャンボ機の五百の足裏頭上を去れり」「わが住める出雲の国は縦に縦に雲の生まれて雲の立つ国」などもそうであろう。なお日御碕灯台は灯高六十三m、日本一高い灯台。すぐそばに海猫の繁殖する著名な経島《ふみ》がある。

いま仕事の話が出たのだが、小山歌集の大事な読みどころとして職業の歌に目を向けよう。盲学校などで二十年間管理栄養士をして辞職、県の消費者センターへ勤め、その後法テラス（日本司法支援センター）の非常勤職員であるという。

電話とるその刹那はや相手との相性分かる勘が働く

えらそうな事など言える者じゃない本当にわたしろくな者じゃない
騙された内容書けと日に何度人に言いたる吾もさびしも
法学部出ているのかと聞く人は大体男それがどうした
少年鑑別所の女子の布団に置かれいる青いスティッチのぬいぐるみひとつ

多くは対人関係の煩雑な仕事だ。二首目は上句も下句も相手から投げつけられた罵言を甘んじて受け「本当に」と自らに返している。税金泥棒、民法を簡単に使うなetc、と言われる。口語歌が多く「名乗る様な者ではありませんなど言いて仕事していたアハハわたくし」「七月より時給二十円上げられし仕事の対価ってなんやろうなあ」等々。大てい自嘲であるが、不発弾をかかえているのだ。マトモな言葉ではいえない。

歌集中には社会に対する批評精神があちこちに見られるが、それら社会詠には職場詠と共通する同じ根があるようだ。

どれ程の人が昼飯食べられたか八月六日広島市内

自分だけ生き長らえてしまったと戦後日本の根底にあり

社会的関心は強く、原爆、9・11テロ、原発、相模原事件、Jアラート、沖縄、竹島等々の作品があるが、独自の把握や認識が多いと思う。その一例として右の二首を挙げておく。さらに「自衛隊の募集ポスター官製で平和を仕事にと大きく書けり」「カーナビは瞬時にわが位置示すゆえ狙撃兵の眼天より感ず」「人間にも標準木があるとよいありのままってそれ何ですの」なども広く社会詠とみてもよいかもしれない。いま独自の把握と認識と言ったけれど、その際立った作品を示しておきたい。

み仏の背《せな》に回りてほうと言う全く以て清潔な背

盲導犬は寝てても仕事右眼あけ左眼とじて右眼又あけ

どう見ても余裕の見られる磯野家で一番ぜいたくしているサザエ

農民の味方なりしか田や畑森は荒らさぬ怪獣ゴジラ

アメリカが発祥なりしこの野球ゲームに犠打を入れしは不思議

これらの歌にコメントはいらない。えっそうなの、だよね、と共鳴するのである。作者の人物像は多く家族の歌によって明示される。小山さんはどうだろう。

そういえば棕櫚のほうきはどこですか昔魔法が使えた母さん
肺ガンと診断されしその後は一首も歌を作らざる義母

父の歌「薄明に吾呼ぶ声にああ父と目を開けたればかなかなの声」や夫の歌「粘着のねずみ取り紙をはたと踏みからめとられし夫五十八」及び子らの歌などがそれ相応にある。「親も子もひたすら目立つ事を避け消極的とは違う何かが」「親子四人一緒に過ごした時間とはたまたま親子であったということ」など、どちらかといえばクールなる関係性の存在として認識されているようだ。掲出した母の歌はおもしろいと思う。かつてほうきでてきぱきとハウスキーピングの上手な魔法使いのようだった母が、高齢となっていま使ったほうきの置き場も分からない。みんな魔法が使えたのだがなあ、と慨嘆している。

最後に、歌集に登場する個人名のなかで、とくにしーんと読者に残る人は三名ある。

河野裕子が最右翼。

あおあおと夏の日盛りさびしいよ河野裕子のさびしい青空
たまごかけごはんを食べる度思う滋養じようと言いし裕子さん
もっともっと作りたかったと逝きし人この世の息が足りぬと詠めり

遠く離れた存在であったはずなのに河野裕子の本質をなかなかよく捉えていると思う。それはつまり小山美保子が自らを語っていることにほかならない。あと二名は男性である。

日本の男の貌のしずけさよ芯のありたる宮口精二
教科書の彼は実直な顔だった高橋和巳四十で死す

一首ずつだが、これも小山美保子の本質や生の周辺をあんがい明晰に描き出しているのではないか。

こうして個への専心を見ながら、私には一つ仮説がある。「保育所の子らの歌声土手に満つ「いいないいいな人間っていいな」」や「バカボンのパパにあこがれるこの頃は全て諾うこれでいいのだ」、また「親子」一連のなかの「本当は聞きたいことのあるねんでせやけど声を聞いたら聞けへん」などの歌には、人への寛容や抑制がみえている。たぶん個の充足の向こうに開けてくるのは普遍なのではないだろうか。

# あとがき

この歌集『灯台守になりたかったよ』は私の第一歌集になります。一九九九年から二〇一九年までの二十年の作品から五百首を収めました。一九九九年に地元の短歌会「湖笛」に入会し、さらに翌二〇〇〇年に「塔」に入会しました。そこで発表した歌を、Ⅱ章に分け、ほぼ編年順にしましたが構成上一部を入れ替えてあります。

この二十年間は、義母の死をはじめ、転職、子の巣立ち等あり決して楽な二十年ではありませんでした。短歌をはじめた時は盲学校の学校栄養士でした。二十年間、栄養士をしましたが、いつも自分にはもっと違う仕事があるはずなどと思っていました。転勤を機に退職し、その後電力会社の委託の仕事、その間に消費生活専門相談員の資格を得、四十八歳の時、消費者センターに就職しました。その後現在まで法テラスで情報提供の仕事をしています。一時、組合系の相談機関にも勤めダブルワークをしていました。職場の歌は、そういう背景があります。

歌集名の『灯台守になりたかったよ』は、次の作品に拠ります。

朝な朝な波の音聞き風を読む灯台守になりたかったよ

日本の灯台守は二〇〇六年、長崎県沖合の女島灯台を最後に消滅しました。どんなに憧れても見果てぬ夢でしかない仕事。自分に振り返ってみても、見果てぬ夢の連続でした。それでこの題名にしました。

真剣に生きていればこそ、誰でも人生という道を歩くのが辛いと感じることがあります。でもそんな時、自分で書いた言葉で自分の道を照らせれば一歩でも前へ進むことが出来るのではないかと思います。私にとって短歌とは、自分が自分であることを確認するためであり場です。つくづく、私の人生に短歌があって本当に良かったと思います。

「塔」に入会し、その後千人の会員の中で自分の歌を見失い、進退について何度も考えました。その折々、「塔」選者の池本一郎先生から励ましの電話や手紙を頂いたりしました。そのお陰で何とか今日までやってこられたと思います。また、歌集を出すにあたり選歌の段階からお世話いただき、数々の助言を頂きましたこと、さらに懇切な跋文を頂き深くお礼申し上げます。また、「塔」島根歌会の皆さまをはじめ全国の「塔」の皆さまへも感謝申し上げます。二年前にお亡くなりになった「湖笛」と「未来」の会員だった新免君子先生には短歌のいろはを教えて頂きました。心より感謝しております。

出版に際して青磁社の永田淳様には丁寧にアドバイスと励ましをしていただき、野田和浩様にはイメージ通りの装幀をいただきました。ありがとうございました。

そして何より読んでくださる皆さまにありがとうと申し上げます。本当にありがとうございます。

二〇二〇（令和二）年五月　磯ひよどりの頻り鳴く日に

小山　美保子

塔21世紀叢書第370篇

歌集　灯台守になりたかったよ

初版発行日　二〇二〇年十月一日
著　者　小山美保子
出雲市平田町一二三五—一（〒六九一—〇〇〇一）
定　価　二五〇〇円
発行者　永田　淳
発行所　青磁社
京都市北区上賀茂豊田町四〇—一（〒六〇三—八〇四五）
電話　〇七五—七〇五—二八三八
振替　〇〇九四〇—二—一二四二二四
http://www3.osk.3web.ne.jp/~seijisya/

装　幀　野田和浩
印刷・製本　創栄図書印刷
©Mihoko Koyama 2020 Printed in Japan
ISBN978-4-86198-468-6 C0092 ¥2500E